Play **I**-SPY with YOURSELF. **FIND** th

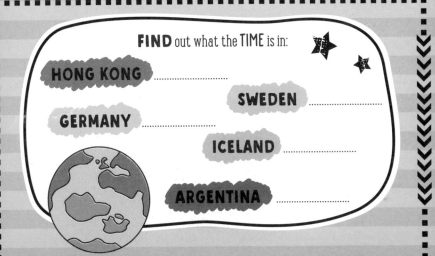

S...

P...

L...

A...

T...

FIND out what the **TIME** is in:

HONG KONG ....

GERMANY ....

SWEDEN ....

ICELAND ....

ARGENTINA ....

LAUGH-OUT-LOUD

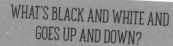

WHAT'S BLACK AND WHITE AND GOES UP AND DOWN?

A **PENGUIN** ON A TRAMPOLINE!

OOPS!

WHERE DO SMELLY DINOSAURS LIVE?

JURASSIC **PARP!**

WHERE DID THE WORM LEAVE ITS DOG?

TIED TO THE **CATERPILLAR!**

WHY DO COWS MAKE GOOD PIANISTS?

BECAUSE THEY ARE SO **MOO**-SICAL!

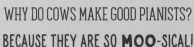

!!*!

WHY WAS THE HEN BANNED FROM THE INTERNET CHATROOM?

BECAUSE HER LANGUAGE WAS SO **FOWL!**

WHERE DO POLAR BEARS KEEP THEIR MONEY?
IN **SNOWBANKS!**

WHERE DOES A SKUNK DO ITS WASHING UP?
IN THE KITCHEN **STINK!**

WHAT CARD GAME DO ALLIGATORS PLAY BEST?
SNAP!

WHAT DO YOU CALL A FISH WITH NO EYES?
FSH!

WHAT DID THE FROG ORDER FROM THE BURGER BAR?
A CROAK AND **FLIES!**

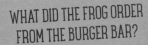

WISH LIST

LIST TEN things you would have in your ULTIMATE **BEDROOM.**

1 ....

2 ....

3 ....

4 ....

5 ....

6 ....

7 ....

8 ....

9 ....

10 ....

Find a **DICE**. Follow the ARROWS AROUND the track to get from

A TO B

in LESS than **5** THROWS.

Read the **QUESTIONS**, and then **TICK** the **ANSWER** that you think is RIGHT.

1 Measured in **AFRICAN ELEPHANTS**, the **KOMATSU SUPERDOZER** could push the **WEIGHT** of...

A **11 ELEPHANTS** ☐

B **21 ELEPHANTS** ☐

C **31 ELEPHANTS** ☐

2 Which of these would you USE to **REACH** the **TOP** floor of a building?

A **BULLDOZER** ☐

B **CHERRY PICKER** ☐

C **FORKLIFT** ☐

3 What is a **CATERPILLAR D10**?

A a bulldozer ☐

B a cement mixer ☐

4 Where was the **FIRST CRANE** invented?

A Ancient Greece ☐

B China ☐

C Germany ☐

5 The world's **LARGEST HYDRAULIC SHOVEL** can scoop around **8,000 TONNES** of material every...

A **HOUR** ☐ B **3 HOURS** ☐

89

6 In which **INDUSTRIAL VEHICLE** did **ALFRED SLEEP** jump a distance of 23.57M (77 FT 4 IN)?

A a forklift

B a mini excavator

C a rubbish truck

7 A **DRILLING RIG** is NOT used to SEARCH for...

A **OIL**

B **TREASURE**

8 How long did **FRANCE'S EIFFEL TOWER** take to CONSTRUCT?

A **1 YEAR**

B **2 YEARS**

C **10 YEARS**

9 How LONG is the **LONGEST DRILLED** oil well?

A over 3,048 m (10,000 ft)

B over 6,096 m (20,000 ft)

C over 12,192 m (40,000 ft)

10 The RECORD for the LONGEST parade of **DUSTBIN LORRIES** is...

A **52**

B **153**

C **352**

MIX IT UP

GUESS how many **BUGS** are in the **BOX**.

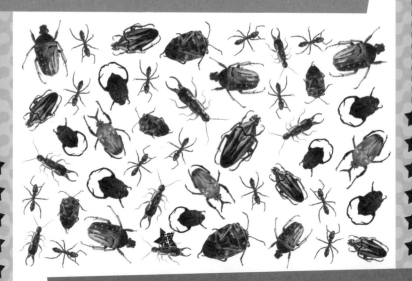

WRITE YOUR ANSWER. ▶ ▶ ▶ ....

? ? ? What gets **SHORTER** the **OLDER** it gets? **? ? ?**

▶ ▶ ▶ .... ◀ ◀ ◀

DRAW a MAZE leading from the ENTRANCE to the **CENTRE**.

FINISH

START

NAME **TWO** FILMS you'd mash up to **CREATE** the most **AWESOME** film ever!

▶ ▶ ▶ ....

+

▶ ▶ ▶ ....

LAUGH-OUT-LOUD

HOW DID THE COW CAUSE A TRAFFIC JAM?

IT REFUSED TO **MOO**-VE FROM THE MIDDLE OF THE ROAD!

WHICH SIDE OF A BIRD HAS THE MOST FEATHERS?

THE **OUTSIDE!**

WHY COULDN'T THE FROG DRIVE TO WORK?

ITS CAR WAS **TOAD** AWAY!

WHY DID THE HORSE TAKE A SHOWER?

BECAUSE THE COW GAVE HIM A **PAT** ON THE BACK!

HAVE YOU HEARD ABOUT THE FROG SPY?

HIS NAME IS POND, JAMES POND!

HOW DO YOU STOP
YOUR DOG FROM BARKING
IN THE BACK OF YOUR CAR?
PUT IT IN THE **FRONT!**

WHY DO COWS WEAR BELLS?
BECAUSE THEIR HORNS DON'T **WORK!**

WHAT DO YOU CALL A BEE IN A BELL TOWER?
A HUMDINGER!

WHICH CATS HAVE EIGHT LEGS?
OCTOPUSSIES!

WHAT'S A SHARK'S FAVOURITE SANDWICH?
PEANUT BUTTER AND **JELLYFISH!**

Read the **QUESTIONS**, and then **TICK** the **ANSWER** that you think is RIGHT.

1 The **OLDEST** known **SOUP** was **MADE** from . . .

A **CATS** ☐

B **HIPPOS** ☐

C **SHARKS** ☐

2 **SHELLAC**, the stuff that makes JELLY BEANS BRIGHT & SHINY, comes from . . .

A **BUTTERFLY WINGS** ☐

B **BUG POO** ☐

3 **BLODPLÄTTAR** is the NAME for **SWEDISH** . . .

A pig's head soup ☐

B pork-blood pancake ☐

4 Which of these is the **NAME** of a real JAPANESE **DISH** that features a **MOVING ANIMAL**?

A dancing squid ☐

B jumping jellyfish ☐

5 Which **ANIMAL** is **NOT** used in FRENCH COOKING?

A frog ☐ B snail ☐ C slug ☐

6 If you SWAM to the **DEEPEST** SEABED, what would happen?

A **YOU WOULD BE CRUSHED BY THE PRESSURE**

B **YOU WOULD GROW TALLER**

C **SNAIL**

7 What UGLY UNDERGROUND creature has a **NOSE** covered in tentacles?

A jellyfish mole

B octopus mole

C star-nosed mole

8 MAGMA is the hot orange LIQUID that is inside **VOLCANOES**. What is it made of?

A fire

B molten rock

9 Which CREEPY-CRAWLY BREATHES through its **SKIN?**

A **EARTHWORM**

B **SLUG**

C **SNAIL**

10 Which of these is a **REAL** DEEP-SEA CREATURE?

A blobfish

B goopfish

C slimefish

MEGA MATHS

MEASURE the LENGTH of your BEDROOM floor in **HANDS**.

WRITE YOUR ANSWER.

▶▶▶ ....

Count **BACKWARDS** from **1000** without falling **ASLEEP** or getting **BORED**.

1000

999

998

997

995

996

994

993

Think of your THREE FAVOURITE **MUSIC ARTISTS**, and then give them new SURNAMES that rhyme with the word **"CHEESE"**.

1...

2...

3...

Think of **THREE** TV shows you would **COMBINE** to make the most **AWESOME** SHOW ever.

1...

2...

3...

OCEAN TEST

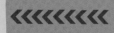

Read the **QUESTIONS**, and then **TICK** the **ANSWER** that you think is RIGHT.

① 1 MILLION TONNES of what debris was removed from the **BEIJING OLYMPIC** yacht racecourse?

A **ALGAE** ☐

B **FISH** ☐

C **SEAWEED** ☐

② It took 20 HORSES to carry the **TITANIC'S** ...

A **ANCHOR** ☐

B **LIFEBOATS** ☐

③ What does STARBOARD mean?

A **left** ☐

B **right** ☐

④ WHICH of these would you not FIND on board the world's **BIGGEST** CRUISE SHIP?

A **a boxing ring** ☐

B **an ice rink** ☐

⑤ How many SHIPWRECKS are there on the OCEAN FLOOR?

A **1 million** ☐

B **over 3 million** ☐

6 What is INTERESTING about the TÚRANOR **YACHT?**

A it can travel on roads

B it is solar-powered

7 What DESIGN is on a **JOLLY ROGER** flag?

A skull and crossbones

B a red dragon

C white stripes

8 In **ROWING**, what does a **COX** do?

A **READS THE MAP**

B **ROWS THE BOAT**

C **STEERS THE BOAT**

9 In **2005**, what was accidentally EMPTIED from a **BRIDGE** onto a boat full of SIGHTSEERS?

A **GOLDFISH**

B **HUMAN WASTE**

C **ICE**

10 What did **TOMMY THOMPSON** find on a sunken **SHIP** in **1988?**

A **GOLD WORTH £650 MILLION**

B **PRICELESS OIL PAINTINGS**

LAUGH-OUT-LOUD

WHAT'S A FISHERMAN'S
FAVOURITE MUSICAL INSTRUMENT?

THE **CAST-A-NETS!**

WHAT DID THE SQUASH SAY TO THE SLOW TOMATO?

KETCHUP!

HOW DID THE GNOME GET INDIGESTION?

BY **GOBLIN** HIS FOOD!

HOW DID THE TAP DANCER BREAK HIS LEG?

HE FELL IN THE **SINK!**

WHERE DO BARBERS KEEP THEIR MONEY?

IN **SHAVING** ACCOUNTS!

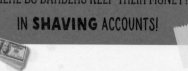

WHY DOESN'T GRAVITY HAVE MANY FRIENDS?
BECAUSE IT BRINGS EVERYONE **DOWN!**

WHY ARE MUSHROOMS ALWAYS INVITED TO PARTIES?
BECAUSE THEY ARE **FUN-GUYS!**

WHAT'S GREEN AND SNIFFS?
A CUCUMBER WITH A **COLD!**

HOW DID THE CYCLIST PUNCTURE HER TYRE?
SHE DROVE OVER A **FORK** IN THE ROAD!

WHAT'S RED AND HAIRY AND GOES UP AND DOWN?
A RASPBERRY IN A LIFT!

SQUARE EYES

THINK of THREE TV SHOWS you would combine to make the **DUMBEST** TV SHOW ever.

1 ....

2 ....

3 ....

TIME how LONG you can keep your eyes **OPEN** without BLINKING. Then try to better it!

1 ....

2 ....

3 ....

PENNY SQUEEZE

Find the smallest **PENNY** in the house. HOW MANY can you fit into this shape?

WRITE YOUR ANSWER. ▶ ▶ ▶ ....

Read the **QUESTIONS**, and then **TICK** the **ANSWER** that you think is RIGHT.

1 What does the **SPORT** called ROCK CRAWLING involve?

A **EXTREME OFF-ROAD DRIVING** ☐

B **EXTREME ROCK CRUSHING** ☐

2 Why was the driver **AL PEASE DISQUALIFIED** from RACING?

A **HE DESTROYED HIS CAR** ☐

B **HE DROVE TOO SLOWLY** ☐

3 How many COMPONENTS make up a FORMULA 1 CAR?

A 8,000 ☐

B 80,000 ☐

4 How long was the FASTEST-EVER FORMULA 1 PIT STOP?

A 1.9 seconds ☐

B 4.3 seconds ☐

FORMULA 1

5 How many stock races has the driver RICHARD PETTY, nicknamed **"THE KING"**, WON overall?

A 50 ☐

B 100 ☐

C 200 ☐

6 What do drivers do about **54** TIMES per lap on the **FORMULA 1** MONACO circuit?

A BRAKE

B CHANGE GEAR

C WASH THEIR WINDSCREENS

7 How can **NASCAR** drivers **LOSE** up to **4 KG** (10 LBS) during a race?

A SWEATING

B THE G-FORCE

C NOT EATING DURING THE RACE

8 In **1895**, EMILE LEVASSOR won the PARIS-BORDEAUX-PARIS rally race, driving at **24.1 KM/H** (15 MPH). How long did it take him?

A **10 HOURS**

B **24 HOURS**

C **49 HOURS**

9 After a **GRAND PRIX** race, which part of a racing car would be **HOT** enough for you to COOK an EGG on it?

A SEATS

B TYRES

C STEERING WHEEL

10 What kind of VEHICLE would you drive in a STREET STOCK or **BANGER RACE?**

A a go-kart

B a new car

C an old car

SUPER ME

DRAW YOURSELF as a SUPERHERO.
NAME your **SUPERPOWER**.

My **SUPERPOWER** is:

Which of these is **NOT** a VEGETABLE? WHY?

CABBAGE

CARROT

TOMATO

POTATO

WRITE YOUR ANSWER. ▶ ▶ ▶ ....

INVENT a JOKE!

KNOCK, KNOCK!

....

WHO'S THERE?

....
.... **WHO?**

....
....

Read the **QUESTIONS**, and then **TICK** the **ANSWER** that you think is RIGHT.

1 Which WORD is **NOT** an old word for **MUD?**

A slibber ☐

B slabber ☐

2 How much **MUCUS** do you MAKE in a DAY?

A 0.5 L (1 PT) ☐

B 1 L (2.1 PTS) ☐

C 2 L (4 PTS) ☐

3 What is the **SWEATIEST** part of a COW'S body?

A ITS NOSE ☐

B ITS EARS ☐

4 Which of the these is a **REAL** ANIMAL?

A slush puppy ☐

B slime puppy ☐

C mud puppy ☐

5 Playing in which of these has been scientifically PROVEN to make you **HAPPY?**

A ocean ☐

B mud ☐

C rain ☐

6 What comes out of the **LUSI VOLCANO** in **INDONESIA**?

A **LAVA**

B **MUD**

C **SEAWEED**

7 What do people from **CHINA** and **KOREA** tend to **HAVE** that other people don't?

A dry earwax

B green earwax

8 What do **HEAD LICE** use to **STICK EGGS** to your hair?

A **HAIRS**

B **SILK**

C **SPIT**

9 A **MOUSE** will find its way through a **MAZE** twice as **QUICKLY** if it's fed extract of . . .

A mud

B sweat

10 Adult **PENGUINS FEED** their **BABIES** by . . .

A **SQUASHING FOOD UNDER THEIR FEET AND GIVING THEIR BABY A FOOD PULP**

B **EATING FOOD, THEN THROWING UP INTO THEIR BABY'S MOUTH**

RANDOM ROCKS

LEARN how to **DRAW** a perfect **STAR**.

1. /
2. /\
3. ⋈
4. ☆
5. ☆

Think of the **FUNNIEST NAME** you can for a **PET**:

RAT...

FERRET...

FISH...

TERRAPIN...

WORK OUT which LINE is the **LONGEST**.

▼ ▼ ▼ Put an ICE CUBE in a **GLASS** and then **TIME** how long it takes to **MELT**. ▼ ▼ ▼

TRUCK TRIVIA

>>>>>>> <<<<<<<

Read the **QUESTIONS**, and then **TICK** the **ANSWER** that you think is RIGHT.

1. **VASILII HAZKEVICH** travelled **21,199KM** (13,172 miles) on a...

21,000

A   plough ☐   B   tractor ☐

2. Which of these was a **REAL** NICKNAME given to tough-looking **MACK** trucks?

A   **BULLDOG MACKS** ☐

B   **BIG MACKS** ☐

3. How many GEARS does a **TRUCK** usually have?

A   4 ☐   B   12 ☐

4. What is a **DECOTORA?**

A   a colourful, decorated truck ☐

B   a pot of paint ☐

C   a professional decorator ☐

5. **FARM** vehicles used to be **POWERED** by...

A   petrol ☐

B   solar power ☐

C   steam ☐

6 What is the FUNCTION of a **COMBINE** harvester?

A **COLLECTS GRAIN CROPS**

B **FERTILISES FIELDS**

7 The FIRST MOTORISED **TRUCK** was built in...

A 1782

B 1896

C 1941

8 How LONG does it take a **TRUCK** to GO from **0 KM/H** (0 MPH) to **100 KM/H** (60 MPH)?

A **2 SECONDS**

B **6 SECONDS**

C **10 SECONDS**

9 Another word for a **SNOW PLOUGH** is...

A an ice blender

B a pepper grinder

C a salt shaker

10 What is the **NAME** for the WALKWAY behind a **TRUCK'S CAB**?

A catwalk

B dogwalk

EXCELLENT X-RAY

LIST TEN things you would LOOK THROUGH if you had **X-RAY** VISION.

1 ....

2 ....

3 ....

4 ....

5 ....

6 ....

7 ....

8 ....

9 ....

10 ....

MICRO MAZE

FIND your way through the maze
from the **TOP** to the **BOTTOM**.

LAUGH-OUT-LOUD

WHAT LIVES UNDERGROUND
AND USES BAD LANGUAGE?

CRUDE OIL!

WHY DO FLEAS NEVER PAY TRAIN FARES?

THEY PREFER **ITCH**-HIKING!

DID YOU HEAR ABOUT THE SCIENTIST
WHO BROKE THE LAWS OF GRAVITY?

HE GOT A **SUSPENDED** SENTENCE!

DID YOU HEAR ABOUT THE SCOUTS'
CHESS TOURNAMENT?

IT WAS IN **TENTS!**

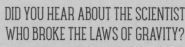

DID YOU HEAR ABOUT THE MAN
WITH SIZE 18 BOOTS?

FINDING SHOES WAS NO SMALL FEET!

WHAT'S THE LONGEST WORD IN THE WORLD?
SMILE, BECAUSE THERE'S A **MILE** AFTER THE **S**!

WAITER, WILL MY SPAGHETTI BE LONG?
YES, SIR, WOULD YOU LIKE ME TO **CUT** IT UP FOR YOU?

DID YOU HEAR ABOUT THE CAR THAT COULDN'T TURN LEFT?
IT WAS **ALL RIGHT** IN THE END!

WHAT'S A PIRATE'S FAVOURITE LETTER?
RRRR!

DID YOU HEAR ABOUT THE CHEF WHO WAS CRAZY FOR PASTRIES?
SHE WAS A **DOUGH-NUT**!

Read the **QUESTIONS**, and then **TICK** the **ANSWER** that you think is RIGHT.

1 The FASTEST **TRAIN** in the world can reach SPEEDS of ...

A 430 km/h (267 mph)

B 540 km/h (336 mph)

C 603 km/h (375 mph)

2 How many **TRAIN TICKETS** does super **COLLECTOR FRANK HELKER** have in his collection?

A over 10,000

B over 100,000

TRAIN TICKET
▸▸▸▸ ▸▸▸▸
VALID FOR ONE JOURNEY

TRAIN TICKET
▸▸▸▸ ▸▸▸▸
VALID FOR ONE JOURNEY

TRAIN TICKET
▸▸▸▸ ▸▸▸▸
VALID FOR ONE JOURNEY

TRAIN TICKET
▸▸▸▸ ▸▸▸▸
VALID FOR ONE JOURNEY

3 In which COUNTRY was the **FIRST** UNDERGROUND RAILWAY built?

A **ENGLAND**

B **CHINA**

4 The **LOCOMOTIVE** "CYCLOPED" was invented in 1829. How was it POWERED?

A **BY A HAMSTER ON A WHEEL**

B **BY A HORSE ON A TREADMILL**

5 What is a **CABOOSE?**

A **A SMALL CARRIAGE AT THE BACK OF THE TRAIN**

B **THE DRIVER'S CARRIAGE**

6 How many BRIDGES does the GLACIER EXPRESS **TRAVEL** across?

A **29**

B **192**

C **291**

7 Which of these is a FAMOUS **STEAM** TRAIN?

A **FLYING SCOTSMAN**

B **ROCKETING RUSSIAN**

C **SOARING SPANIARD**

8 In which COUNTRY would you find a **SHINKANSEN** train or BULLET train?

A America

B France

C Japan

9 Which of these trains **REALLY** EXISTS?

A a levitating train

B an invisible train

C a train that goes all the way around the world

10 What is the **RECORD** for the most train WHISTLES blown at the SAME TIME?

A 127

B 5,527

C 3,127

COOL CHARACTER

DRAW a man with **VERY** LONG legs.

GIVE the man the **LONGEST** name you can THINK of.

Pour a bowl of CORNFLAKES (or any other cereal), and then **CHALLENGE** your family to **GUESS** how many flakes there are in the bowl. **COUNT** the flakes to find out who came the NEAREST.

Find out WHAT TIME you were **BORN**. Then work out HOW OLD you are in **HOURS**.

....

Read the QUESTIONS, and then TICK the ANSWER that you think is RIGHT.

1 In the ORIGINAL **BATMAN** story, the BATMOBILE was ...

A **BLACK** ☐

B **BLUE** ☐

C **RED** ☐

2 What is the name of Doctor **WHO'S** TIME MACHINE?

A Stardust ☐

B Tardis ☐

3 What make is the FLYING car in HARRY POTTER and the **CHAMBER OF SECRETS?**

A Ford Anglia ☐

B Mini Cooper ☐

C Volkswagen Beetle ☐

4 STEAMBOAT WILLIE was the first **DISNEY** cartoon to include ...

A a boat ☐   B sound ☐

5 The space shuttle **"ENTERPRISE"** was named after the FICTIONAL STARSHIP in ...

A **DOCTOR WHO** ☐

B **STAR TREK** ☐

C **STAR WARS** ☐

6 In the **FLINTSTONES**, how are the CARS POWERED?

A by dinosaurs ☐

B by solar power ☐

C by the driver's feet ☐

7 In the **STAR WARS** films, what is a SPEEDER BIKE?

A a hover bike ☐

B a very fast bike ☐

8 Which of these was **NOT** a FEATURE of the ASTON MARTIN DB5 in **GOLDFINGER**?

A **EJECTOR SEAT** ☐

B **INVISIBILITY** ☐

C **TYRE SLASHER** ☐

9 Which MAGIC vehicle takes MS. VALERIE FRIZZLE and her **CLASS** on adventures?

A **A SCHOOL BUS** ☐

B **A HELICOPTER** ☐

10 In **BACK TO THE FUTURE**, what type of **CAR** is the TIME MACHINE?

A **CADILLAC CIMARRON** ☐

B **DELOREAN DMC-12** ☐

LAUGH-OUT-LOUD

HOW DO MOUNTAINS KEEP THEIR EARS WARM?

THEY WEAR **SNOWCAPS!**

WHAT DO YOU SAY WHEN YOU MEET A THREE-HEADED ALIEN?

HELLO! **HELLO!** HELLO!

WHY SHOULD YOU ALWAYS WEAR GLASSES FOR MATHS?

6÷2=3

BECAUSE THEY IMPROVE DI-**VISION!**

WHY IS A CALCULATOR A FAITHFUL FRIEND?

BECAUSE YOU CAN ALWAYS **COUNT** ON IT!

WHAT DO YOU CALL AN ALIEN WITH NO NAME?

NOTHING!

WHAT DID CAVEMEN USE
TO CUT DOWN TREES?

DINO-**SAWS!**

WHICH SNACK TASTES BEST ON A GHOST TRAIN?

I **SCREAM!**

WHY WAS THE COMPUTER FULL OF HOLES?

SOMEONE HAD TAKEN **BYTES** OUT OF IT!

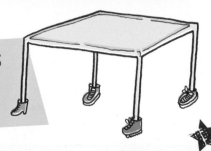

WHAT HAS FOUR LEGS
BUT CAN'T WALK?

A **TABLE!**

WHAT DO YOU CALL A CHEESE THAT'S NOT YOURS?

NACHO CHEESE!

Read the **QUESTIONS**, and then **TICK** the **ANSWER** that you think is RIGHT.

1 How many **MATCHES** could you make from the world's **LARGEST** living TREE?

A   over 5 million ☐

B   over 5 billion ☐

2 Which **GEMSTONE** can be USED to make **WINDOWS**?

A **AMETHYST** ☐

B **DIAMOND** ☐

3 The LARGEST **FLOWER** in the world, RAFFLESIA ARNOLDII, measured up to...

A   1 m (3.2 ft) wide ☐

B   5.5 m (18 ft) wide ☐

C   7 m (23 ft) wide ☐

4 What is the NAME of the **LONGEST** CAVE in the world?

A   Elephant Cave ☐

B   Whale Cave ☐

C   Mammoth Cave ☐

5 About how hot is EARTH'S **CORE?**

A **6,000°C (10,800F)** ☐

B **60,000°C (108,000F)** ☐

6 By how much do the EARTH'S CONTINENTS **MOVE** each year?

A nothing

B 2 cm (3/4 in)

C 25 cm (10 in)

7 The **YOUNGEST** PERSON to reach the top of **MOUNT EVEREST** was...

A 10 years old

B 13 years old

C 16 years old

8 Which of these **COLOURED SANDS** would you NOT find on a beach?

A black

B green

C blue

9 What was the **LOUDEST** SOUND recorded in human HISTORY?

A **A VOLCANIC ERUPTION**

B **A LION'S ROAR**

10 About how much of EARTH'S SURFACE is covered in **WATER?**

A 70%

B 90%

C 100%

BUILD-A-BOT

DRAW a ROBOT of your OWN design here.

If your **ROBOT** could do one TASK for you for the rest of your life, WHAT task would you choose and why?

....

....

Can you **LIST** these **COUNTRIES** in SIZE order?

CANADA

BRAZIL

UNITED STATES OF AMERICA

INDIA

1. .... **BIGGEST**

2. ....

3. ....

4. .... **SMALLEST**

RIDDLE me THIS!

 What CAN'T be **SEEN** but is easy to **CATCH**?

WRITE YOUR ANSWER. ▶ ▶ ▶ ....

Read the **QUESTIONS**, and then **TICK** the **ANSWER** that you think is RIGHT.

1 What SIZE is the world's **LARGEST TELEVISION SCREEN?**

A **170 IN** ☐

B **270 IN** ☐

C **370 IN** ☐

2 **7.6M** (25 FT) is the **LENGTH** of the **LARGEST** ever ...

A iPod ☐

B laptop ☐

C tablet ☐

3 What is the most **EXPENSIVE OBJECT BUILT** to date?

A **A ROBOT** ☐

B **A SPACE STATION** ☐

4 What is the **LONGEST** everyday **WORD** you can type using the **KEYS** on the **LEFT-HAND** side of a KEYBOARD?

A **STEWARDESSES** ☐

B **TYPEWRITER** ☐

5 Where can you find the **FASTEST INTERNET CONNECTION** in the world?

A Hong Kong ☐

B South Korea ☐

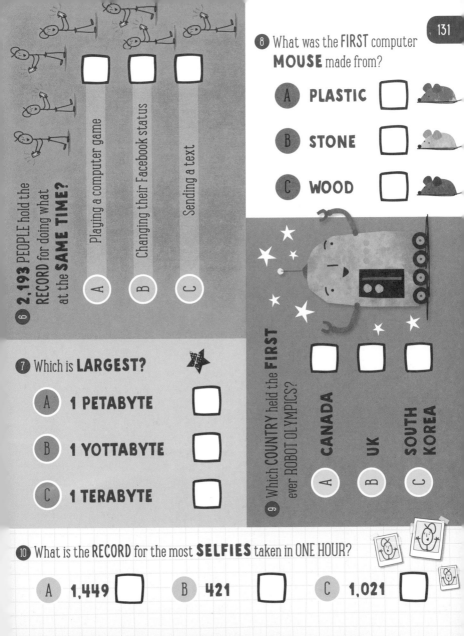

6 **2,193 PEOPLE** hold the **RECORD** for doing what at the **SAME TIME?**

A Playing a computer game

B Changing their Facebook status

C Sending a text

7 Which is **LARGEST?**

A **1 PETABYTE**

B **1 YOTTABYTE**

C **1 TERABYTE**

8 What was the **FIRST** computer **MOUSE** made from?

A **PLASTIC**

B **STONE**

C **WOOD**

9 Which **COUNTRY** held the **FIRST** ever ROBOT OLYMPICS?

A CANADA

B UK

C SOUTH KOREA

10 What is the **RECORD** for the most **SELFIES** taken in ONE HOUR?

A 1,449

B 421

C 1,021

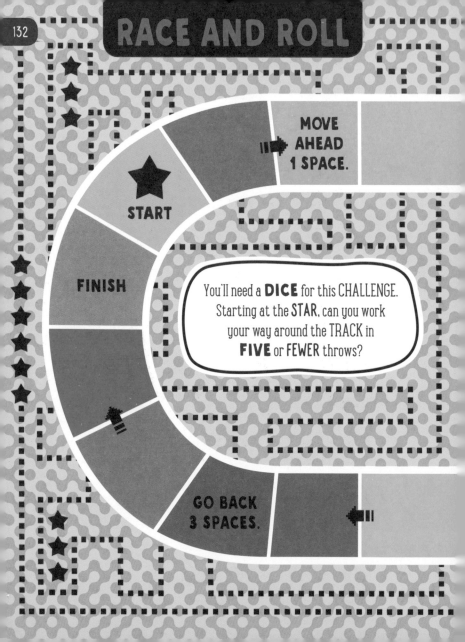

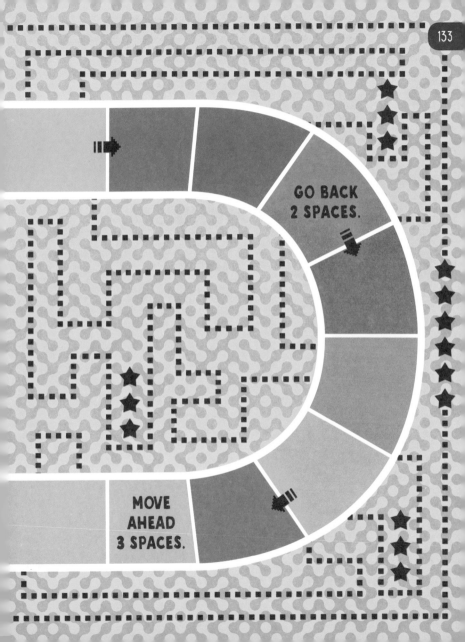

GO BACK
2 SPACES.

MOVE
AHEAD
3 SPACES.

SILLY SUGGESTIONS

WRITE a LIST of things to do when you're really **BORED**.

1 ....

2 ....

3 ....

4 ....

5 ....

6 ....

7 ....

8 ....

9 ....

10 ....

MICRO MAZE

FIND your way through the MAZE
▶▶▶ from **A** to **B** ◀◀◀
WITHOUT hitting a **ROBOT**.

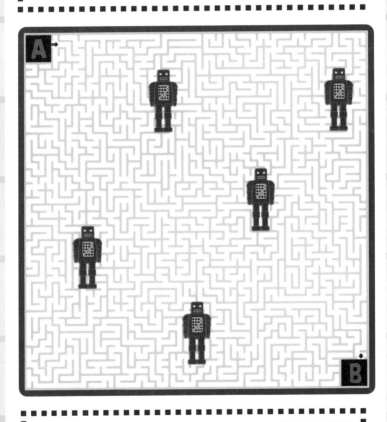

BEST BUILDS ⟪⟪⟪⟪⟪⟪

Read the QUESTIONS, and then TICK the ANSWER that you think is RIGHT.

1 How HIGH is the TALLEST BUILDING in the world?

A **828 M (2,717 FT)** ☐

B **8,280M (27,165 FT)** ☐

2 In POLAND you can find a CATHEDRAL made out of...

A salt ☐   B bread ☐

3 How many STEPS are there to the top of the STATUE OF LIBERTY?

A **150** ☐

B **354** ☐

C **2,003** ☐

4 Made entirely from ICE, what is rebuilt in JUKKASJÄRVI, SWEDEN, every year?

A a boat ☐

B a hotel ☐

5 Where are the LONGEST and SECOND-LONGEST BRIDGES in the world?

A China ☐

B USA ☐

6 Where can you find the **MOST EXPENSIVE BUILDING** in the world?

A Singapore ☐

B UK ☐

C USA ☐

7 The most **EXPENSIVE LEGO** BRICK in the world is made from . . .

A diamond ☐

B gold ☐

C moon rock ☐

8 What is the **RECORD** for the GREATEST NUMBER of floors in a building?

A **95** ☐

B **114** ☐

C **163** ☐

9 **1,939** is the RECORD number of which **BUILDINGS** made in one hour?

A houses ☐

B sandcastles ☐

C treehouses ☐

10 How **HIGH** is the LARGEST GINGERBREAD house in the world?

A **6M (20.1 FT)** ☐

B **10M (32.8 FT)** ☐

C **38.1M (125 FT)** ☐

MIX IT UP

DRAW a **PORTRAIT** of **YOURSELF** here.

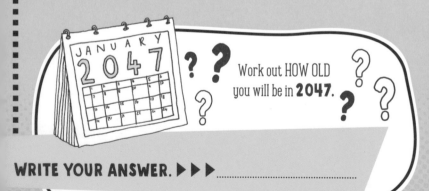

JANUARY
2047

Work out HOW OLD you will be in **2047**.

WRITE YOUR ANSWER. ▶ ▶ ▶ ....

9

WRITE the names of **TEN** random ANIMALS in the boxes.

....

....

....

....

....

Write your **NAME** BACKWARDS on the lines below. For example, if your name is **DAVE MORRIS**, your name backwards will be **SIRROM EVAD**.

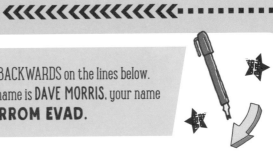

....

....

LAUGH-OUT-LOUD

WHY COULDN'T THE TEDDY BEAR EAT ANY CAKE?
BECAUSE IT WAS **STUFFED!**

WHICH LETTERS ARE NOT IN THE ALPHABET?
THE ONES IN THE **POST!**

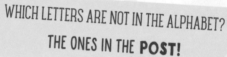

WHAT DID THE FOOTBALL
SAY TO THE GOALKEEPER?
I GET A **KICK OUT** OF YOU!

WHAT SHOULD YOU SAY WHEN
YOU MEET A STEEP ROCK FACE?
HI, **CLIFF!**

WHAT DO YOU CALL A MAN WITH LEAVES IN HIS BOOTS?
RUSSELL!

WHAT DO YOU CALL FAKE PASTA?
MOCKERONI!

WHAT DID THE COLA DO AFTER KNITTING A SCARF?
SODA DRESS!

WHAT DO YOU CALL A FAIRY
WHO HAS FALLEN IN MANURE?
STINKERBELL!

WHY CAN'T YOU ORDER A CLOWNFISH
IN A RESTAURANT?
BECAUSE IT TASTES **FUNNY!**

MIRROR IMAGE

Can you **DRAW** the MIRROR IMAGE of this PATTERN?

The **LETTERS** in this grid SPELL the name of which **FILM?**

P	B	E	S
C	I	M	D
E	E	L	A

▶▶▶ ....

What's the **BEST** FILM you've ever SEEN?

▶▶▶ ....

What's the **WORST** FILM you've ever SEEN?

▶▶▶ ....

Read the QUESTIONS, and then TICK the **ANSWER** that you think is RIGHT.

1 HOW MANY **PEOPLE** could **SIT** inside the world's LARGEST seated stadium?

A **50,000** ☐

B **150,000** ☐

C **1 MILLION** ☐

2 Which COUNTRY **PRODUCES** the **GREATEST** number of FILMS a year?

A **INDIA** ☐

B **JAPAN** ☐

C **USA** ☐

3 How many OLYMPIC-SIZED **SKATING RINKS** would fit inside the world's **LARGEST** ice rink?

A 40 ☐

B 90 ☐

4 How many PEOPLE could SIT inside the world's smallest **THEATRE?**

A 8 ☐

B 18 ☐

5 The **LONGEST** RED carpet at a film premiere MEASURED . . .

A 455 m (1,492 ft) ☐

B 6 km (19,685 ft) ☐

6 The **LOUDEST** CROWD ROAR at a sports stadium was recorded at...

A an American football match

B a basketball match

7 What **SPEED** can you reach on the **FASTEST** ROLLER-COASTER in the world?

A **152 KM/H (95 MPH)**

B **200 KM/H (124 MPH)**

C **240 KM/H (149 MPH)**

8 **501** HOURS is the **RECORD** for the longest...

A concert by a solo artist

B football match

C film

9 **1,270 M** (4,170 FT) is the **RECORD** for...

A the longest concert venue

B the highest concert venue

C the deepest concert venue

10 What is the MOST **EXPENSIVE** made FILM so far?

A **HARRY POTTER AND THE DEATHLY HALLOWS**

B **PIRATES OF THE CARIBBEAN: ON STRANGER TIDES**

FERRET LIFE

THINK of FIVE things you would do if you were a **FERRET**.

1 ....
2 ....
3 ....
4 ....
5 ....

GET IN LINE

Which LINE is the LONGEST?

1

2

3

4

WRITE YOUR ANSWER.

▶▶▶ .... ◀◀◀

ANIMAL ANSWERS <<<<<<

Read the **QUESTIONS**, and then **TICK** the **ANSWER** that you think is RIGHT.

1 What is the **BIGGEST FISH** in the **WORLD**?

A **MANTA RAY** ☐

B **WHALE SHARK** ☐

C **GREAT WHITE SHARK** ☐

2 How do **BUTTERFLIES** taste their **FOOD**?

A through their feet ☐

B through their noses ☐

C through their wings ☐

3 The WORLD'S **HEAVIEST BIRD'S NEST** weighs over . . .

A 500 kg (1,102 lbs) ☐

B 2,000 kg (4,409 lbs) ☐

4 About **HOW MANY PET CATS** are there in the world?

A **12 MILLION** ☐

B **220 MILLON** ☐

C **1 BILLON** ☐

5 An **AFRICAN** GREY PARROT'S BRAINPOWER is as powerful as a . . .

A four year old child ☐

B ten year old monkey ☐

6 Which of these CREATURES has up to **12 EYES?**

A bee

B frog

C scorpion

7 **MEASURED** in HAMBURGERS, how much can a **TIGER EAT** in a day?

A 50 hamburgers

B 250 hamburgers

C 400 hamburgers

8 If you STARE into a **GRIZZLY BEAR'S** eyes, it will think you want to . . .

A **FIGHT**

B **SHARE YOUR LUNCH**

C **HUG**

9 Which of these things can a **CROCODILE** NOT DO?

A **WALK BACKWARDS**

B **STICK ITS TONGUE OUT**

C **SWIM**

10 The world's **LARGEST RABBIT** weighs over **29 KG** (55LBS) and is called . . .

A Eric

B Hefty

C Ralph

LAUGH-OUT-LOUD

HOW DO YOU MAKE A HOTDOG STAND?
HIDE ITS CHAIR!

WHAT'S ORANGE AND SOUNDS LIKE A PARROT?
A CARROT!

WHAT DO CLOUDS WEAR UNDER THEIR JEANS?
THUNDERPANTS!

WHAT'S THE BEST WAY TO GET A FISH ONLINE?
CATCH IT INTER-NET!

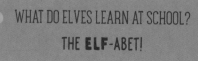

WHAT DO ELVES LEARN AT SCHOOL?
THE ELF-ABET!

WHEN DID THE PENCIL STOP TALKING?
WHEN IT GOT TO THE **POINT!**

HOW MUCH DOES IT COST TO PIERCE A PIRATE'S EAR?
A BUCCANEER!

WHY DO DENTISTS NEVER LIE?
BECAUSE THEY ALWAYS TELL THE **TOOTH!**

WHAT'S TARZAN'S FAVOURITE LESSON?
HIPPOPOT-A-**MATHS!**

WHAT HAS A LOT OF HEADS
AND TAILS BUT NO BODY?
A POCKET FULL OF **CHANGE!**

WINTER WONDER

Read the QUESTIONS, and then TICK the ANSWER that you think is RIGHT.

1 The **FASTEST** gust of WIND ever recorded was TRAVELLING at ...

A **251 KM/H (156 MPH)**

B **407 KM/H (253 MPH)**

2 At **37 M** (122 FT) TALL, the world's biggest **SNOWMAN** was built in which COUNTRY?

A **ICELAND**

B **AMERICA**

3 With a recorded temperature of **-67°C** (-152°F) the COLDEST ROAD in the world is in ...

A Russia

B Norway

4 Which STATE in **AMERICA** holds the record for the MOST SNOWFALL in a year?

A Minnesota

B Washington

5 The LONGEST **DRY** period ever recorded in a city was in ARICA, CHILE, where it did not RAIN for ....

A **14 MONTHS**

B **5 YEARS**

C **14 YEARS**

153

6 The WINDIEST PLACE in the world is CAPE FAREWELL in GREENLAND, where the wind can reach...

A 38 km/h (24 mph) ☐

B 70 km/h (44 mph) ☐

C 103 km/h (64 mph) ☐

7 The BIGGEST HAILSTONE ever measured was the SIZE of...

A A GOLF BALL

B A TENNIS BALL

C A VOLLEYBALL

8 Parts of the DRY VALLEYS in ANTARCTICA have had NO rain for ...

A 200 YEARS ☐

B 2,000 YEARS ☐

C 2 MILLON YEARS ☐

9 The FOGGIEST place on EARTH is off the COAST of ...

A CANADA ☐

B SCOTLAND ☐

C SWEDEN ☐

10 How WIDE was the LARGEST SNOWFLAKE believed to be?

A 13 cm (5 in) ☐   B 38 cm (15 in) ☐   C 50 cm (20 in) ☐

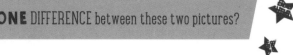

MIX IT UP

Can you find **ONE** DIFFERENCE between these two pictures?

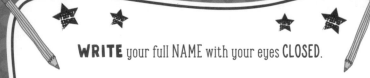

WRITE your full NAME with your eyes **CLOSED**.

Which **MONTH** is LONGER than all the others?

▶▶▶ ....

WHY? ▶▶▶ ....

WRITE how many JUMPING JACKS you can do in **30 SECONDS.**   ▶▶ .... ◀◀

DESCRIBE a cool BOARD GAME that hasn't been INVENTED yet.

....

....

....

Read the **QUESTIONS**, and then **TICK** the **ANSWER** that you think is RIGHT.

1 In their LIFETIME, the average human will **WALK** the EQUIVALENT of how many times around EARTH?

A   4½ times   ☐

B   8½ times   ☐

C   10½ times   ☐

2 About **75%** of the HUMAN BRAIN is made of ...

A   **BLOOD** ☐

B   **SKIN** ☐

C   **WATER** ☐

3 Hippopotomonstrosesquipedaliophobia is known as the **FEAR** of WHAT?

A   foreign languages   ☐

B   hippopotamuses   ☐

C   long words   ☐

4 The POPULATION of the **WORLD** is over ...

A   **5 BILLION** ☐

B   **7 BILLION** ☐

5 Per SECOND, about how many pieces of **INFORMATION** do our **BRAINS** take in without knowing?

A   1 million   ☐

B   11 million   ☐

6 STEFAAN ENGELS, the **"MARATHON MAN"**, ran the distance of how many MARATHONS in a single year?

A **12**   B **52**   C **365**

7 The WORLD'S **LONGEST** documented HAIR belongs to XIE QIUPING. How long is it?

A   2 m (6.5 ft)

B   5.6 m (18.5 ft)

C   10.6 m (34.7 ft)

8 Which PART of your BODY has **26 BONES**?

A   your arm

B   your foot

C   your nose

9 The **BRAIN** produces enough ELECTRICITY to POWER ...

A   a light bulb

B   a television

10 The legendary **JOHN EVANS** has BALANCED what object on his HEAD?

A   **A CAR**

B   **A BASKET OF PUPPIES**

TEST MY SKILLS

DRAW the other HALVES of the FACES as **ALIENS**.

Which LINE is **LONGER** than the other?

WRITE your FULL NAME BACKWARDS in joined-up writing.

....

....

MICRO MAZE

FIND your way through the **MICRO** MAZE.

START ↓

↓ FINISH

LAUGH-OUT-LOUD

WHY WAS THE SHEEP SENT TO ITS ROOM?
BECAUSE IT HAD BEEN **BAA-D!**

WHY WAS THE CHICK'S PHONE CONFISCATED?
BECAUSE HE WOULDN'T STOP **TWEETING!**

HOW DO BEES STYLE THEIR HAIR?
WITH **HONEYCOMBS!**

WHERE DO KITTENS PLAY?
A-MEWS-MENT PARKS!

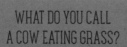

WHAT DO YOU CALL
A COW EATING GRASS?
A LAWN **MOOER!**

WHAT DO ELEPHANTS WEAR TO THE BEACH?
SWIMMING **TRUNKS!**

WHY DON'T CATS LIKE THE COLOUR GREEN?
BECAUSE THEY PREFER **PURR**-PLE!

WHAT TYPE OF DOG WORKS
IN A HAIR SALON?
A SHAMPOODLE!

WHY DON'T GRASSHOPPERS CRY?
BECAUSE THEY'RE ALWAYS HOPPY!

IF SEAGULLS FLY OVER THE SEA.
WHAT FLIES OVER THE BAY?
BAY-GULLS!

MIX IT UP

Think of **THREE** things that taste BETTER with MAYONNAISE and three things that taste **WORSE**.

1. .... 1. ....

2. .... 2. ....

3. .... 3. ....

Think of the **MOST** AWESOME, never-seen FUNCTION you could **HAVE** on a PHONE and **DRAW** it.

▶▶▶▶▶
STUDY a map
of the world and
DECIDE on **THREE**
PLACES you'd
like to LIVE.
▶▶▶▶▶

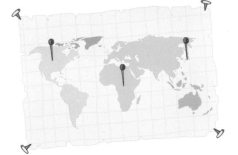

1. ....

2. ....

3. ....

REARRANGE the LETTERS in your NAME
to make yourself a **NEW** name.

DOTS AND BOXES

PICK a COLOUR each. Then take turns DRAWING a **LINE** linking two neighbouring dots.

○

When a player COMPLETES a **BOX**, they write an **X** inside it in their **COLOUR**. If one of the four dots has a **STAR** behind it, they put TWO **X**'s in the box.

○

The game ends when NO MORE **BOXES** can be made. The **WINNER** is the player with the MOST **X**'s.

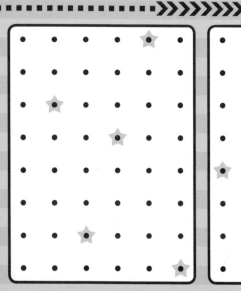
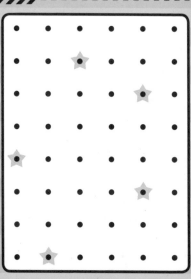

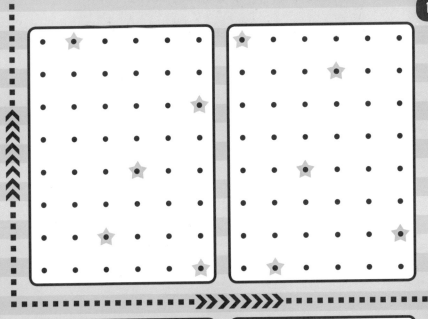

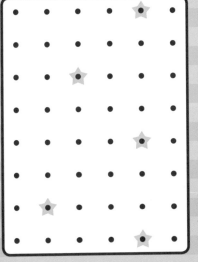

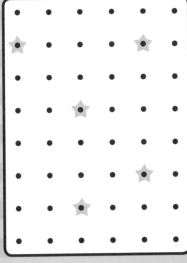

LAUGH-OUT-LOUD

WHICH ANIMAL SHOULD YOU NEVER PLAY WITH?
A CHEETAH!

HOW DO YOU STOP DOGS CHASING PEOPLE ON BIKES?
GIVE THEM **SKATEBOARDS!**

WHAT KIND OF BUGS DO YOU FIND IN LIBRARIES?
BOOKWORMS!

HOW DO TOADS GUIDE THEIR BOATS THROUGH THE MIST?
WITH **FROG** HORNS!

WHERE DO COWS GO WHEN IT RAINS?
TO THE **MOOO-VIES!**

WHY COULDN'T THE PONY SING?

BECAUSE HE WAS A LITTLE HORSE!

WHERE DO FROGS KEEP THEIR MONEY?

IN **RIVERBANKS!**

WHAT DID THE SPIDER SAY TO THE FLY?

I'M SO PLEASED TO **EAT** YOU!

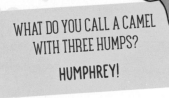

WHAT DO YOU CALL A CAMEL
WITH THREE HUMPS?

HUMPHREY!

WHEN DO BIRDS GO TO HOSPITAL?

WHEN THEY NEED **TWEETMENT!**

GAME GUESS

>>>>>>>> <<<<<<<<

Read the QUESTIONS, and then TICK the **ANSWER** that you think is RIGHT.

1 **ONE** SESSION of which GAME lasted for **70** DAYS?

A cluedo ☐

B monopoly ☐

2 WHEN were the **FIRST** OLYMPICS held?

A **180 YEARS AGO** ☐

B **1,800 YEARS AGO** ☐

C **2,800 YEARS AGO** ☐

3 In the worst ever international FOOTBALL defeat, **AUSTRALIA** beat **AMERICAN SAMOA** by how many goals to ZERO?

A 21 ☐

B 31 ☐

4 When competing in the BEIJING OLYMPICS, the SPRINTER **USAIN BOLT** consumed **100** of what each day?

A chicken nuggets ☐

B energy bars ☐

C energy drinks ☐

5 What is the WORLD'S OLDEST **TEAM SPORT?**

A basketball ☐

B hockey ☐

C polo ☐

6 **PAUL ANDERSON** holds the RECORD for the **HEAVIEST** weight ever **LIFTED**. He lifted the same as how many **CANS** of **COLA**?

A 1,100 ☐   B 7,300 ☐

7 What's the only **SPORT** that has been **PLAYED** on the **MOON**?

A baseball ☐
B tennis ☐
C golf ☐

8 The British **GREAT**-GRANDFATHER **SALEH GHALEB** competed professionally in which SPORT at the age of **83**?

A **BOWLING** ☐

B **WRESTLING** ☐

9 At **319 KG** (704 LBS). MANNY YARBOROUGH is the worlds **HEAVIEST** ...

A sumo wrestler ☐
B shot putter ☐
C weightlifter ☐

10 The world record for the **LONG JUMP** is held by **MIKE POWELL**. How **FAR** was his **JUMP**?

A 3.2 m (10.5 ft) ☐   B 8.95 m (29.3 ft) ☐

FUNNY FIVE

LIST the **FIVE FUNNIEST** people in the world.

1 ....

2 ....

3 ....

4 ....

5 ....

Guide all **3** **BALLS** into the CENTRE of the **MAZE**.

GAME ZONE

Which **PAIR** of PANTS is the **ODD ONE OUT?**

FIND and circle **5 DRINKS.**

STARE at the pipe, then put your PENCIL at the TOP. **CLOSE** your EYES and **DRAW** a line to the BOTTOM of the tube **WITHOUT** going over the edges.

Find the SHAPE with **FIVE** SIDES.

Read the QUESTIONS, and then TICK the ANSWER that you think is RIGHT.

1 Which of these VERY **LONG** NAMES is one of the world's smallest **DINOSAUR**?

A — Micropachycephalosaurus ☐

B — Smallawallaropatantiusorum ☐

C — Tinytrepsolopolistorus ☐

2 BRACHIOSAURUS weighed the SAME as how many AFRICAN **ELEPHANTS**?

A — 7 ☐

B — 17 ☐

3 The word **DINOSAUR** comes from the GREEK LANGUAGE. What does it mean?

A — **HUGE BEAST** ☐

B — **TERRIBLE LIZARD** ☐

4 The **OLDEST** DINOSAUR FOSSILS discovered so far are thought to be...

A — **145 MILLION YEARS OLD** ☐

B — **245 MILLION YEARS OLD** ☐

5 STEGOSAURUS had a BRAIN the SIZE of...

A — **A WATERMELON** ☐

B — **A WALNUT** ☐

6 Which PART of the **ANKYLOSAURUS** was NOT covered in ARMOUR?

A **ITS BELLY**

B **ITS EYELIDS**

C **ITS NECK**

7 When do **SCIENTISTS** believe **DINOSAURS** LAST walked on earth?

A **15 MILLION YEARS AGO**

B **35 MILLION YEARS AGO**

C **65 MILLION YEARS AGO**

8 **SHUNOSAURUS** had ...

A a club-tail

B an enormous head

C a spiny back

9 At **13.27M** (43.5 FT) tall, a **BRACHIOSAURUS** skeleton is the **LARGEST** dinosaur skeleton ...

A to be owned by the British royal family

B to be on display in a museum

10 What did most DINOSAUR **EAT?**

A **PLANTS**

B **EACH OTHER**

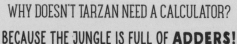

LAUGH-OUT-LOUD

WHY DOESN'T TARZAN NEED A CALCULATOR?
BECAUSE THE JUNGLE IS FULL OF **ADDERS!**

WHY DO STORKS STAND ON ONE LEG?
BECAUSE THEY'D FALL OVER IF THEY LIFTED **BOTH!**

WHY DID THE ZEBRA
CROSS THE ROAD?
BECAUSE IT WAS A **ZEBRA** CROSSING!

WHY DID THE ELEPHANT MISS HIS FLIGHT?
HE SPENT TOO LONG PACKING HIS TRUNK!

WHICH DINOSAUR WORKED
ON CONSTRUCTION SITES?
TYRANNOSAURUS **WRECKS!**

WHY DO SKUNKS MAKE GOOD JUDGES?
THEY ALWAYS BRING **ODOUR** IN COURT!

WHY DON'T POLAR BEARS WEAR GLASSES?
BECAUSE THEY HAVE GOOD **ICE-SIGHT!**

WHERE DO CITY PIGS LIVE?
IN **STY-SCRAPERS!**

WHAT'S A HEDGEHOG'S FAVOURITE SNACK?
PRICKLES!

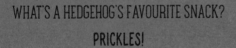

WHERE DO COWS
GO ON HOLIDAY?
MOO YORK CITY!

FOUR IN A ROW

2 PLAYER GAME

PICK a **COLOUR** each. Each player must take turns marking the CIRCLES with an **X**. The WINNER is the **FIRST** person to mark **FOUR** in a **ROW** in any direction.

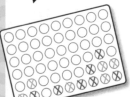
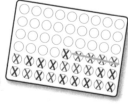

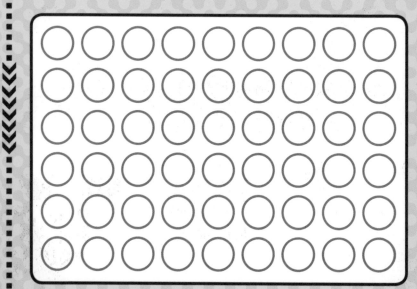

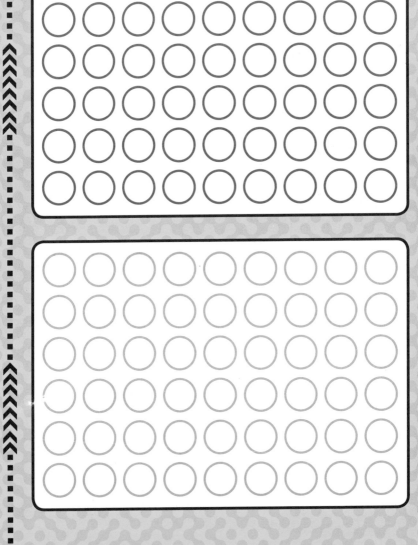

Read the QUESTIONS, and then TICK the **ANSWER** that you think is RIGHT.

① Which of these **PLANETS** is the SMALLEST?

A **EARTH** ☐

B **JUPITER** ☐

C **MERCURY** ☐

② How much would it **COST** you to BOOK a TRIP into **SPACE**?

A £50,000 (US $85,000) ☐

B £150,000 (US $250,000) ☐

C £250,000 (US $420,000) ☐

③ **TRUE** or FALSE? There is a HUGE water CLOUD in space that surrounds a **BLACK HOLE** and holds **140 TRILLION** times more WATER than all the oceans and seas on **EARTH**.

A **TRUE** ☐

B **FALSE** ☐

④ 55 CANCRI E, a **PLANET** more than twice the size of **EARTH**, is thought to be made up of at least **ONE THIRD**

A diamond ☐   B gold ☐

⑤ Our GALAXY is believed to **CONTAIN** at least **100 BILLION**…

A **MOONS** ☐

B **PLANETS** ☐

C **STARS** ☐

6 The TEMPERATURE at the SUN'S core can REACH over ...

A 550,000 °C (990,000 °F)

B 5.5 million °C (9.9 million °F)

C 15 million °C (27 million °F)

7 The **FIRST** MAMMAL launched into **SPACE** was a ...

A dog

B monkey

8 If **METAL** touches METAL in SPACE, what will it do?

A **BREAK INTO TINY PIECES**

B **CATCH FIRE**

C **STICK TOGETHER**

9 The LACK of **ATMOSPHERE** in deep space means there is NO ....

A **SOUND**

B **PASSING OF TIME**

10 If you were **DRIVING** at **112 KM/H** (70 MPH), how long would it take you to drive from **EARTH** to the **MOON?**

A 35 days

B 135 days

C 325 days

LAUGH-OUT-LOUD

WHY DID THE COFFEE TASTE LIKE MUD?
BECAUSE IT WAS FRESH **GROUND!**

WHY DID THE BANANA GO TO HOSPITAL?
BECAUSE IT WASN'T **PEELING** WELL!

WHY DID THE STUDENT STUDY ON A PLANE?
SHE WANTED A HIGHER **EDUCATION!**

WHY DID THE TOILET GET A GOLD SEAT?
BECAUSE IT WAS FEELING **FLUSH!**

WHY DID THE WOMAN PUT
BLUSHER ON HER FOREHEAD?

SHE WAS TRYING
TO MAKE-UP HER MIND!

WHY DID THE POLICEMAN REFUSE TO GET OUT OF BED?
HE WANTED TO WORK UNDERCOVER!

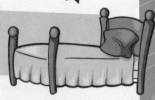

WHY DID THE EYES GIVE UP TEACHING?
BECAUSE THEY ONLY HAD TWO PUPILS!

WHY DID THE CAR REFUSE TO MOVE?
BECAUSE ITS WHEELS WERE TYRE-D!

WHY DIDN'T THE KNIFE TRUST THE SPOON?
BECAUSE THE SPOON KEPT STIRRING THINGS UP!

WHY DID THE FOOL PUT BOWLS OF MILK
AND WATER IN HIS GARDEN?

**HE HEARD IT WAS GOING
TO RAIN CATS AND DOGS!**

RATE THE GAME

WRITE the NAME of the BEST computer **GAME** ever.

▶ ▶ ▶ ....

THINK of THREE ways to make it even BETTER.

1 ....

2 ....

3 ....

★ ★ ★ ★ ★ ★

DRAW your **FAVOURITE** CHARACTER from the game.

Make as MANY WORDS as you can from the LETTERS in your **ADDRESS.** Use each letter ONCE.

WRITE your **ADDRESS** below and CROSS OFF the letters as you use them.

▶ ▶ ▶ ....

....

GIVE yourself a **SCORE.** Start with **TEN** points. LOSE one point for every letter that is left once you have made **ALL** the **WORDS** you can.

WRITE YOUR SCORE. ▶ ▶ ▶ ....

Read the **QUESTIONS**, and then **TICK** the **ANSWER** that you think is RIGHT.

1 The AMERICAN super-brain **WILLIAM JAMES SIDIS** was the **YOUNGEST** person to do what?

A become a dentist ☐

B go to Harvard University ☐

2 The **OLDEST** person in the world, **JEANNE CALMENT**, lived for how many YEARS?

A 122 ☐

B 142 ☐

3 **38 CM** (15 IN) long, **BRAHIM TAKIOULLAH** has the world's BIGGEST ...

A ears ☐

B feet ☐

C hands ☐

4 The world's **STRONGEST** grandma, **SAKINAT KHANAPIYEVA**, can do what?

A bite through bricks ☐

B lift the roof off a house ☐

C break horseshoes ☐

5 **FRAN CAPO** holds a RECORD for doing what in **54 SECONDS**?

A **CLICKING HER FINGERS 603 TIMES** ☐

B **SPEAKING 603 WORDS** ☐

6 The SURFACE area of your **LUNGS** could COVER . . .

A   a dining table

B   a tennis court

C   a football pitch

7 Which of these BODY **PARTS** has the most **BACTERIA?**

A   your bottom

B   your feet

C   your forearms

8 Which PART of your **BODY** cannot feel **PAIN?**

A   the brain

B   the eyeball

C   the tongue

9 What is **BORBORYGMI** the NAME for?

A   **GROWLING STOMACHS**

B   **SILENT FARTS**

C   **RINGING EARS**

10 What PERCENTAGE of **DNA** do we share with a **BANANA?**

A   **5%**

B   **50%**

C   **90%**

DREAM JOB

RATE each JOB from ONE to TEN! Rate the job you'd like the most as **"TEN"** and the job you'd like the least as **"ONE"**.

NEWSREADER

★ **DOCTOR**

STORE MANAGER

★ **FOOTBALLER**

TRUCK DRIVER

VIDEO-GAME DEVELOPER

★ **ASTRONAUT**

STAND-UP COMEDIAN

★ **DENTIST**

PARK RANGER

HOW HIGH?

BURJ KHALIFA DUBAI

GUESS the NUMBER of FLOORS each skyscraper has. You can be UNDER or OVER by up to **20** floors to WIN.

ONE WORLD TRADE CENTER NEW YORK

EMPIRE STATE BUILDING NEW YORK

THE SHARD LONDON

MIX IT UP

Put a **COOKIE** on a **PLATE** and EAT it with your hands **BEHIND** your back.

GIVE the **CENTIPEDE** **99** more legs.

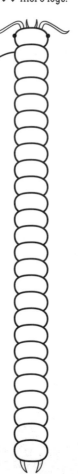

TIME how long you can SUCK similar-sized pieces of different FOODS before:

A) the food **DISAPPEARS**

B) you get BORED and start **CHEWING** it

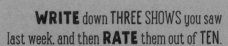

WRITE down THREE SHOWS you saw last week, and then **RATE** them out of TEN.

1. .... ◯ /**10**

2. .... ◯ /**10**

3. .... ◯ /**10**

Sit at a **TABLE** and put a ROW of **TEN** pencils in front of yourself. Wrap STICKY TAPE loosely around **THREE FINGERS**, sticky-side out. See how many PENCILS you can **PICK UP** with your taped fingers.

Read the QUESTIONS, and then TICK the **ANSWER** that you think is RIGHT.

① The **CHANNEL TUNNEL** is an UNDERWATER tunnel that connects ENGLAND to...

A **FRANCE** ☐

B **GERMANY** ☐

C **SPAIN** ☐

② Where would you find the WORLD'S **FIRST** recorded TRAIN STATION?

A **WALES** ☐

B **ITALY** ☐

③ Where might you **SEE** a FUNICULAR RAILWAY?

A **AT A FUNFAIR** ☐

B **CROSSING A RIVER** ☐

C **ON A STEEP HILL** ☐

④ Which **TRAIN** travels on **ONE** TRACK?

A Maglev ☐

B Monorail ☐

C uno rail ☐

⑤ Which body part did VELU RATHAKRISHNAN use to **PULL** two trains WEIGHING about **260** TONNES?

A his teeth ☐

B his ears ☐

6 What is the **"BIG RIG JIG"** SCULPTURE made of?

A — a solid-gold oil rig ☐

B — 500 tractors ☐

C — two 18-wheeler tankers ☐

7 In **RUSSIA** you can FIND ...

A — one-wheeled trucks ☐

B — sauna trucks ☐

C — underwater trucks ☐

8 What is a TAP-TAP?

A **A THAI TRACTOR** ☐

B **A HAITIAN PICK-UP TRUCK** ☐

C **A VIETNAMESE VAN** ☐

9 Which of these pieces of FARM **MACHINERY** does NOT exist?

A **HOG OILER** ☐

B **WEBFOOT TRACTOR** ☐

C **PIG POLISHER** ☐

10 Where might you find a **JINGLE** TRUCK?

A **PAKISTAN** ☐

B **INDIA** ☐

C **ALASKA** ☐

LETTER LINKS

In each CHALLENGE BOX, use the **CLUE** to help you LINK the LETTERS to make two **WORDS** related to the CLUE.

○

For example, if the clue is SAFARI, the words could be **ZEBRA** and **JEEP**.

○

The WORDS **FIT** in the BOXES at the bottom of each challenge box. In each CHALLENGE, there are **TWO** LETTERS that are RED HERRINGS – you won't use them!

---

1 **CLUE:**
BEACH

A U L E
   N
D L N S
   S H
      Q

▶▶▶▶▶▶▶

▶▶▶▶▶▶▶

Red herrings ▶▶ ▶▶ ☐ ☐

---

2 **CLUE:**
FIRST MEAL

B T E S
   R S
A A G G
F E K X

▶▶▶▶▶▶▶

▶▶▶▶▶▶▶▶

Red herrings ▶▶ ▶▶ ☐ ☐

③ CLUE:

SUMMER SPORT

Y E N C
R K N
T A
S Z T I
E

| | | | | | | ▶▶▶▶▶

| | | | | | ▶▶▶▶▶

Red herrings ⇒ ⇒ ☐ ☐

④ CLUE:

SPACE

W O M C
O O N
T E
R Q K

| | | | | | | ▶▶▶▶▶

| | | | ▶▶▶▶▶▶▶▶

Red herrings ⇒ ⇒ ☐ ☐

⑤ CLUE:

CAR

U G E X
N W
E N
H E
L E I

| | | | | | | ▶▶▶▶▶

| | | | | ▶▶▶▶▶▶▶

Red herrings ⇒ ⇒ ☐ ☐

⑥ CLUE:

MAKE YOUR OWN LETTER LINK

| | | | | | | | ▶▶▶▶▶

| | | | | ▶▶▶▶▶▶▶

Red herrings ⇒ ⇒ ☐ ☐

MIX IT UP

Think of the three **BEST** and three **WORST** pizza TOPPINGS.

1. ....

2. ....

3. ....

1. ....

2. ....

3. ....

Which SQUARE **DOESN'T** BELONG to this picture?

WRITE YOUR ANSWER. ▶ ▶ ▶ ....

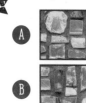 **A**

 B

 C

 D

Look in a MIRROR and **PRACTISE** saying this **WITHOUT** moving your lips:

"BERT COULDN'T BE BOTHERED TO BRING HIS BOOK ON THE BUS."

WRITE the NAME of your SCHOOL in **BLOBBY** letters.

LAUGH-OUT-LOUD

WHY DID THE PICTURE GO TO JAIL?

BECAUSE IT WAS **FRAMED!**

WHY DIDN'T ANYONE EAT THE OVERRIPE BANANA?

BECAUSE IT WASN'T **A-PEELING!**

WHY DID THE SOCKS SIT IN THE FRUIT BOWL?

THEY WERE TOLD THEY WERE A **PEAR!**

WHY DID THE LADY HAVE HER HAIR IN A BUN?

BECAUSE SHE'D EATEN ALL HER **BURGERS!**

WHY DID THE BOY KEEP
HIS HEADPHONES IN THE FRIDGE?

BECAUSE HE LIKED **COOL** MUSIC!

WHY DID THE ROSE GO TO UNIVERSITY?
SHE WAS A **BUDDING** GENIUS!

WHY DID THE FLEA LOSE THE SINGING CONTEST?
BECAUSE HE WASN'T UP TO **SCRATCH!**

WHY DID THE APPLE RUN AWAY?
BECAUSE THE BANANA **SPLIT!**

WHY DID THE BOY COVER HIS HANDS IN MUD?
HE WAS TRYING TO **GROW** PALM TREES!

WHY DID THE GREY PEBBLE
WEAR BRIGHT PURPLE TROUSERS?

HE WANTED TO BE A LITTLE **BOLDER!**

Read the QUESTIONS, and then TICK the **ANSWER** that you think is RIGHT.

1. Which of these has **NOT** been used to MAKE a **MONOPOLY** BOARD?

   A **CHOCOLATE** ☐

   B **COPPER** ☐

   C **GOLD** ☐

2. Which **SOUND EFFECT** has been USED in more than **200 FILMS?**

   A Ella explosion ☐

   B Lennox lightning ☐

   C Wilhelm scream ☐

3. HOW MANY PEOPLE did it take to perfrom the **LARGEST** ever ROBOT DANCE?

   A **117** ☐

   B **318** ☐

   C **794** ☐

4. The **GREATEST** number of ROLLER COASTERS at a THEME PARK is currently . . .

   A 19 ☐   B 30 ☐

5. WHEN was the first **3-D FILM** SHOWN?

   A **IN THE 1920s** ☐

   B **IN THE 1950s** ☐

   C **IN THE 1990s** ☐

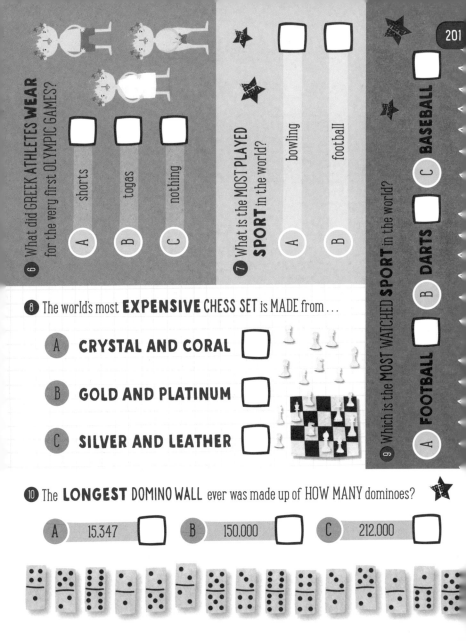

6 What did GREEK ATHLETES **WEAR** for the very first OLYMPIC GAMES?

A shorts ☐

B togas ☐

C nothing ☐

7 What is the MOST PLAYED **SPORT** in the world?

A bowling ☐

B football ☐

9 Which is the MOST WATCHED **SPORT** in the world?

A FOOTBALL ☐   B DARTS ☐   C BASEBALL ☐

8 The world's most **EXPENSIVE** CHESS SET is MADE from . . .

A **CRYSTAL AND CORAL** ☐

B **GOLD AND PLATINUM** ☐

C **SILVER AND LEATHER** ☐

10 The **LONGEST** DOMINO WALL ever was made up of HOW MANY dominoes?

A 15,347 ☐   B 150,000 ☐   C 212,000 ☐

MICRO MAZE

FIND your **WAY** through the **MAZE** to the **BLUE** exit.

MEGA MASH-UP

ANSWER PAGES

204

ANSWERS

PAGE 2

15 doughnuts

PAGE 3

5 triangles

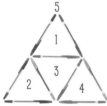

PAGES 4-5

1b. 2a. 3b. 4a. 5b.
6b. 7a. 8a. 9c. 10b

PAGE 8

Satern should be
spelt Saturn.

PAGES 10-11

1c. 2b. 3c. 4b. 5a.
6b. 7a. 8c. 9c. 10a

PAGES 16-17

1b. 2a. 3b. 4a. 5c.
6a. 7c. 8b. 9b. 10c

PAGES 20-21

1b. 2c. 3b. 4a. 5a.
6c. 7c. 8b. 9a. 10a

PAGE 27

The animal is
"elephant."

PAGES 28-29

1b. 2a. 3a. 4b. 5a.
6c. 7a. 8a. 9b. 10b

PAGES 34-35

1c. 2c. 3a. 4c. 5b.
6a. 7c. 8c. 9b. 10b

PAGE 37

43 phones

PAGES 38-39

1a. 2c. 3a. 4b. 5a.
6b. 7c. 8b. 9b. 10a

PAGE 41

Mickey Mouse

PAGES 44-45

1c. 2b. 3a. 4a. 5b.
6c. 7a. 8a. 9b. 10a

PAGE 47

141 cookies

PAGES 52-53

1b. 2a. 3b. 4b. 5a.
6a. 7b. 8c. 9c. 10b

PAGE 54

205

PAGES 58-59

1 - art. late. fence
2 - cat. Spain. explore
3 - ten. work. comet
4 - idea. sole. move
5 - tin. call. spoil
6 - net. bone. score

PAGE 60

November – The months are in alphabetical order by their second letters.

PAGE 61

 =10   =3   =5

The answer to the sum is 50.

PAGE 62

The word "the" is repeated in the instruction.

PAGE 63

The left and right sides are mirror images of each other.

The letter **E** appears twice in a week.

PAGES 66-67

1a. 2b. 3a. 4c. 5a.
6a. 7c. 8b. 9c. 10a

PAGES 70-71

1b. 2b. 3a. 4b. 5a.
6a. 7b. 8a. 9c. 10a

PAGE 73

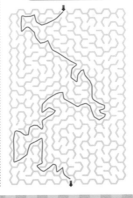

PAGES 74-75

1c. 2a. 3c. 4a. 5a.
6b. 7c. 8a. 9b. 10b

PAGE 79

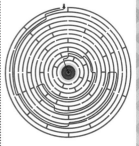

PAGES 80-81

1a. 2c. 3b. 4c. 5b.
6a. 7b. 8b. 9a. 10a

PAGES 88-89

1b. 2b. 3a. 4a. 5a.
6c. 7b. 8b. 9c. 10a

PAGE 90

There are 45 bugs.

A candle gets shorter the older it gets.

ANSWERS

PAGES 94-95

1b. 2b. 3b. 4a. 5c.
6a. 7c. 8b. 9a. 10a

PAGES 98-99

1a. 2a. 3b. 4a. 5b.
6b. 7a. 8c. 9b. 10a

PAGES 104-105

1a. 2b. 3b. 4a. 5c.
6b. 7a. 8c. 9b. 10c

PAGE 107

A tomato is a fruit
because it has seeds!

PAGES 108-109

1a. 2b. 3a. 4c. 5b.
6b. 7a. 8c. 9a. 10b

PAGE 111

The blue line
is the longest.

PAGES 112-113

1b. 2a. 3b. 4a. 5c.
6a. 7b. 8b. 9c. 10a

PAGE 115

PAGES 118-119

1a. 2b. 3a. 4b. 5a.
6c. 7a. 8c. 9a. 10b

PAGES 122-123

1c. 2b. 3a. 4b. 5b.
6c. 7a. 8b. 9a. 10b

PAGES 126-127

1b. 2b. 3a. 4c. 5a.
6b. 7b. 8c. 9a. 10a

PAGE 129

1. Canada
2. United States
   of America
3. Brazil
4. India

PAGE 129

A cold.

PAGES 130-131

1c. 2a. 3b. 4a. 5a.
6c. 7b. 8c. 9b. 10b

PAGE 135

PAGES 136-137

1a. 2a. 3b. 4b. 5a.
6a. 7b. 8c. 9b. 10a

Guide all **3** BALLS into the CENTRE of the **MAZE**.

Which **PAIR of PANTS** is the **ODD ONE OUT?**

208

ANSWERS

PAGE 172

PAGE 173

PAGES 174-175

1a. 2a. 3b. 4b. 5b.
6a. 7c. 8a. 9b. 10a

PAGES 180-181

1c. 2b. 3a. 4a. 5b.
6c. 7b. 8c. 9a. 10b

PAGES 186-187

1b. 2a. 3b. 4c. 5b.
6b. 7c. 8a. 9a. 10b

PAGE 189

Burj Khalifa.
163 floors

One World Trade Center.
104 floors

Empire State Building.
102 floors

The Shard.
72 floors

PAGES 192-193

1a. 2a. 3c. 4b. 5a.
6c. 7b. 8b. 9c. 10a

PAGES 194-195

1 – Words:
sand. shell
Red herrings: Q. U

2 – Words:
breakfast. eggs
Red herrings: J. X

3 – Words:
tennis. racket
Red herrings: Z. Y

4 – Words:
rocket. moon
Red herrings: W. Q

5 – Words:
wheel. engine
Red herrings: X. U

PAGES 196

Picture **C** doesn't belong.

PAGES 200-201

1b. 2c. 3b. 4a. 5a.
6c. 7b. 8b. 9a. 10b

PAGE 202

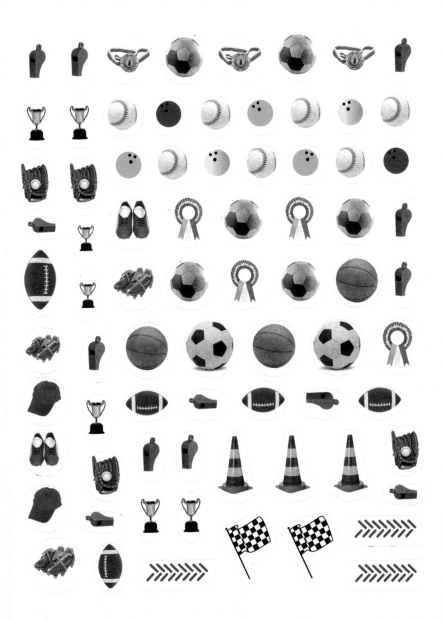